半存在

吳耀宗　著

目　錄

潮騷

深入情緒的中心
靠季節太近
宋玉以來
衣襟手腳都長滿潮濕痛苦的隱喻

我來接受漫天迴旋的秋葉
從楓樹向光的那面開始停止想像
背離那些背離語義隨風出沒的嗚咽
將皮革手套伸進時間裏去
慢慢變薄，變冷，變遠方
卻比堆砌推敲的句子善良許多
神色容易辨認

日益懂事，像磊落的蘋果

來到清脆響亮的位置
一面完成，一面敗壞
眾草不停翻湧
但仍然讀出海潮
一次次感覺鮭魚的心跳

禁不住太深的沉默

有人選擇對著手機大聲起來
在無可奈何的地鐵裏
柴米油鹽戴上格言的帽子尖叫亂跑

兩排坐滿。坐滿
暗自溫習接受美學原理的熱鬧
時間一打開門
聽者參與創作的滾燙眼神就會滔滔涌出去

我知道沉默不一定接近智慧
閱讀時有些不安地冷笑

沼澤之瞳

即使再兇悍十倍的村狗也吠不出腳底的恐懼
瘴氣四面包抄過來，涵蓋昆蟲的深呼吸
隻手將喬木和寄生植物摩肩接踵的私語遮掩
不許那成長著我的舊址逃離半步

除了母親，這裏
沒有誰比貧窮更懂得安土重遷之必要
她曾經果敢離開過卻又回來的希望
最終与絕望一同披上屍衣
時間原來無法阻止男人的啤酒瓶
去釋放一連串泡沫的荒島
一場又一場暴雨滂沱的拳頭和褲帶
甚至廚房裏的菜刀

當她嶙峋的骨骸慢慢沉入爛泥之中
我濕漉漉失足的呼救聲
肢體和童年
一樣遭那潛伏的樹根緊扣不放
父親夜夜的肉慾狠狠撞擊著女人
充滿叫囂和淋漓盡致的鹽
比他畫間操控的剷泥車認真

我從水中抬起頭來
日月默默，蛤蟆鼓噪
母親養成習慣，蹲在
垂曳的藤蔓下整理她慘淡的微笑
那些透明的翼
總以類似的弧度流翔而過

用放大千倍的視野帶回去我猶新的記憶
夜夜輪迴一場浮腫的夢魘

嫁娶

全屬命定的動與靜
使我們像運行的地球
在緣份的軌道中或暗或亮一半的臉
然後又回歸原位

只有時光
繼續沉溺於那鋼剪般的脾性
裁過一切就頭也不回

掛號而來的幸福
準確無誤地掉落在湖光瀲灩的手心
太陽呼吸著草地
微風如粉
我喜歡這油綠綠快樂欣欣向榮的境界

在圍巾上擦抹
漸黑的天色

（一）荷包蛋傳奇

新鎮遠起來，可以很塞外
似箭的歸心在時間前面飛
更前面飛著兵慌馬亂的廚房

從熱鍋一路到瓷碟上
結了婚的王維滴著下班回家的倉促
點點油漬點成奔越大漠的長河
使半熟的落日圓得有些晃蕩
有些喘

（二）芥藍迎著清炒的手勢微笑

蒜頭辟啪爆香
蠔油灑一湯匙
把握這生命中質樸不過的專注
幸福恰如其份

對妳
我願意
還是那麼包羅萬象的簡單

（三）將魚蒸至一種謙卑的溫度

鍋蓋將掩，十分鐘葬禮
它恨恨地怨訴還沒立功立德立言
就死

婚後的滿足
來自一種開始尊崇儀式的感動
所有的慌亂
陸續學會查閱歷史
譬如先置少許薑片去除前世的不遇
再以醬青麻油浸釀今生的運氣
溫文儒雅地躺在綠蔥紅椒中構想
氤氳過後有沒有升職加薪的可能
而且不敢比誰更偉大

（四）小如米飯的盼待

沒有煙囪可以向繼續電腦的妳
預告一切就緒
意象略浮
已成熟飯

我在圍巾上擦抹漸黑的天色
像耐心等候門外腳步聲的童年
使用著快樂，以及疲憊

無所畏懼的面對

看荷葉浮動如思緒的下午
好人壞人全部憑欄
池塘在練習，一遍
又一遍的啞口無言

倘若生命旨在
展示傘收天晴的必然
而且除此無他
我們不會游來游去
一天到晚

比煮沸似的氣泡更急更快升起
良心與勇氣最不能缺氧
頻頻浮出水面

盡管投來不容閃避的石塊與偏見

甚至斷裂生鏽的水管

從惦想的右上角
——給卓倫

就這樣幾回驛動
家鄉與故舊緊緊
黏成一枚圖案
每次觸手溫熱
右上角都是難捨的地方

向剛熄的電爐傾耳
水壺繼續在其上
沉吟時間的意義
十五年友誼空郵而來
載詩的剪報飄洋過海
顫動抽屜裏小小的裁紙刀

只不過輕輕

挪一下新買的瓷杯

以及清晰準确的生命位置

昔往即趁隙涌入

思緒一樣地匯聚

分流，再匯聚

我用食指沾點桌面的水漬

來回摹擬那間隔愈遠指涉愈近的字句

乃知道地球

又轉到幽藍的經緯

從雨中回來

喜歡站在信箱前

溫習那種一直被放在惦想範圍的感覺
將紅格子棉被拉至心口
一窗波浪起來的月光
西雅圖未眠

關係到海洋
——Westport

向那圍繞我們的臉跳舞的頭髮
海風的手指不停
不停彈撥參差的桅杆
就在樸素回環的形容之中，下午起伏
連心都是透明的啤酒浪

整排鯉魚紙鳶飛入狂藍的天空
立刻接二連三的白鷗游曳而出
餐館門楣的龍蝦和巨蟹或者喧囂
桌面的生蠔和八爪魚或者熱鬧
狼藉起來，都是那些旅客揮霍的意氣
與我們無關

一層層陽光靦然，去吟誦
去唱響一疊疊粗獷的鹽
我們舔舐著自由
用長足的時間端詳夏天的航泊
不以筆記或相機
從旅行手冊設置的角度
且沿著西港曲線來回
聆聽那船舵悠悠如虹地畫弧
感覺鐵錨升了又沉沉了又升的愉暢
和酣醉

呵，呼吸進行著它們的豪情擴張
生命澎湃越域

和無限壯麗地交接
這樣的曾經
在將來的某個月夜裏還會被惦記
更何況螺貝們貼心的傾訴回蕩
肩背亮閃閃的沙粒一再映照
我們是赤足的孩子笑得廣闊無邊
一奔跑
就把太平洋追逐得氣喘如雷，遠遠
遠遠的靠不了岸

北西北初雪

越過無從想像的太平洋
我們的家仍在地球上
鮭魚力躍上游
所有的愛源自一端

像今晚
宇宙還在聆聽的年代
巧小的露台盛著依偎的呼吸
初秋栽下的鬱金香也禁不住綠了出來
我們攜手輕輕
張揚起新織的結婚週年日
接住滿天
花語疊韻般紛飛的冰點

途中對話

把早晨穿上學
毛織手套在其間摸索溫度
鬢髮學習辨別光線
呼吸有煙

轉過街角
一路上有樹
以青灰色誠懇的軀幹
排比出溫文古樸的北西北風度
那些靜態的概念懸得高高
一旦被風掀動
就種子擺脫沉默似地
降落在途中慎思細考
或者率性而行的頭顱上

紫菊欲言而向日葵含笑

草坪展開

滿地是深情

那些分明的脈絡在指引

那些轉紅的楓樹的手溫柔地

接住一步步初涉的緊張和腼腆

三三兩兩

腳車載著時間而來

乾坤緩緩轉動

就在漣漪般的古典鐘聲裏

成群女生手上

依然搖晃著保溫瓶裏昨夜的綺夢

松鼠家族一覺醒來

即富甲天下

從一階的栗果到學子們新鮮的腳印

目標已在列隊等候

灰褐大尾的國王縱躍

臣屬縱躍

一場逍遙快活的遊獵

親愛的地震

開始感激每一天
並且喜歡鮮果繁花
墨西哥餐館的顏色
熱得鯨魚嘩然
縱出語言的海洋
在你陽光普照的方圓
日子像珍珠滾動
再一次輕輕打著拍子的情緒

你是我們微型的地震
使用著前所未有的叮嚀
近如絲卡吉山谷鬱金香的捲地而來
遠似納帕盆地釀酒葡萄的回旋澎湃
全然以嶄新的敘事觀點

向我雀躍的听覺
在妻富暖的疆界

我們的存在
由你來闡釋定義
曾經輕觸金門大橋
使三藩市在狂霧中搖晃
一疊疊驚動著浪濤起落海獅的吼嘯
甚至瀲灩
猶若那港式鴛鴦
前後左右於溫哥華熙攘的點心
一籠籠安穩與滿足之間

我們一動一靜

由你來細細筆記

加州大學洛杉磯分校十分線裝的下午

還有路過柏克萊的回眸

左手攪起拉斯維加斯的酣醉

去點亮千燈萬火

右手牽動維多利亞寶翠花園的衣裳環珮

不費吹灰地魔術空間

乾坤和我們一同散步休憩

北美大雁來耳語接近

雨過的綠湖畔以滿地晶瑩模擬

呵，步步輕

句句連韻

我們秋去春來的鄉關之思

甚至廚房裏新製的咖喱角與草莓派
你和你的玩具笑著跑來跑去

試著俯覽幸福的面積
從胡佛大水壩巍峨磅礴的角度
科羅拉多河悠悠流過炙熱緊握的掌心
親愛的地震
你是無以界限的綺麗
在我們的生命中成形
讓我們從此
甚麼都不可以放棄

蠹魚

中間偏左
平常不過地跳動
這樣一來的局面
養成習慣
根據玻璃的流動滑翔來思考
具體走過抽象
完成每一個城堡的昨天

由始至終地愛一個人
像巖石
巨大堅穩
喜悅無孔不入
知道時間穿越指縫
沙粒接沙粒連綿不斷漏失去

乃又翻開認真的一頁

有一種笑容是長鰭的
翻身又是水花濺起
智慧的皺紋蕩漾
一湖清澈的臉龐
倒影著鋪天蓋地的雨的滲透主義

這樣幽深完整的世紀
衰毀與茁壯彼此呼應
一如琴鍵蜿蜒起伏
以黑白親密相間

境界

近視

容易造成傲慢與偏見

三十歲以後較為準確的說法

嗜愛遠大蒼茫

選擇意義宕跌的邊域

駕駛盤沿著今日的性情弧動

小小星球在指掌中轉彎

隨便攤開地圖

已經懂得區分固執與執著

方向散發出天地的氣味

使印堂閃閃發亮

所以連平靜

也像風暴捲過森林
犀牛情深一往
自由是收勢不住的火山

摸摸左邊，
找不到心跳的請舉手

（一）

前來擔當歷史的
後來讓歷史擔當它自己
曾經把標語喊成造山運動
結果不知所蹤

（二）

抽空閱讀一些所謂專欄
智慧乃不停打鼾
罐頭堆滿夢境
打開來全是腐爛的羊腸

（三）

每次談到文化
消防車就拼命尖叫
紅彤彤的自己著了火
卻穿上別人的憂患橫衝直撞

（四）

免不了刺痛的觀察
都要完成以堅硬粗糙的冷笑
所有辦公的地方
都醞釀出一座森林

以至擺放一兩盆萬年青
反而顯得虛假

就在波特蘭

（一）Georgian House I

想得太多
就瀕臨漩渦了
所以還是簡簡單單
舒展成矮木柵前的一坪綠草地
一面摘下垂垂欲滴的草莓和覆盆子

等待一壺咖啡的時刻
輕輕推開玻璃彩窗
在英王佐治的古典中寫字
所有的早晨
都應當如此從容
除了越橘屬植物在開花結果

（二）Georgian House II

藤架篩下陽光
清甜的影子比夏天略長
在薰衣草中站久了
脈搏也盡是妮紫的氣質

微風吹來將來的往事
手指如網張開
變得格外柔軟
天與地在戀愛中漸漸衰老
我們在衰老中緩緩戀愛

（三）鮑威爾書城

一輛接一輛
聒噪的生活游過橋去

適當的轉彎
會出現一片寧謐弘深的文字海
而且一些魚群
選擇與你性格相近
一齊用寂寞呼吸

（四）週末精心推出露天市場

噹噹響新造的街車再走一趟歷史的軌道
我們來交換肩膀上面目變幻的人潮

不同的期盼迅速曬成古銅色
印地安人的頭飾也流著類似的汗滴
氣喘喘熱狗和可樂絡繹躍過原有的冷靜
中世紀盔甲的沉默
以及果醬獵刀全流落在此
作為一種發揚假日的手段

從陶瓷吵吵鬧鬧到皮革
或者都在努力交代一些傳奇
比我們的眼神還湮遠的隨便在異鄉寄泊餘生

載馳

文件仍在出出入入齒輪轉動
管弦著 oxymoron 的年代
小心法律，不准駛入。剛剛被逼清除辦公桌
尤其是電腦裏的種種牽扯
比眨眼快的攝像機就來計較你憤怒的自尊和
時速
提供清晰無比的證物

連經濟都負增長了就不好責怪誰
至於黃祖耀和丹那巴南如何交手收購華聯
讓它去咖啡奶茶
往零錢找換中道出峰迴路轉來
開門。關門。熄了藍色指示燈
開始計時收費

買菜阿婆對著手機喋喋計算媳婦一世紀的不是
出太陽。下貓狗雨。
忘了帶錢包的乘客兩腳著地就不復出現於城市
即使神出鬼沒的偏頭痛橫衝直撞
繼續肥胖的房屋貸款和避免被投訴的親切服務之間
還是不允許疑惑來回溜達
罰單冷冷。要不法庭見

乘客說你提早帶來中年的疲憊
小心前面德士不要走中央高速公路
實龍崗尤其塞車於是鬢角又雪了一些
剩下兩隻逃亡的耳朵逃不出
漸入黃昏的望後鏡
剛放學的女兒翻開苦惱的練習簿

努力組合中文句子敘述父親陌生的新工作
每天的食物是別人要走的路

舉凡熱鬧報章電視台都來
龍飛鳳舞地注解一番
已經陷入低谷很久了一切
蘋果沒有停止腐爛
連部長也表示耐性需要成長
和再訓練
成長，和再訓練
關於離開的概念
只好忍它一時風平浪靜
目前還不能依句號界義

諸如此類苦苦思索
月底又是丈母娘惡毒的臉
用緘默可以吧？
用絕對形式主義的謙卑可以吧？
排長長的隊伍買萬字票總可以吧？
血液不循環沒法度換班時運動運動茶匙和手
擁車證能不能救交通出重圍
股票如何脫離黑熊冷森森的銳牙
不要回頭望車輪不停轉誰敢擔保明早一定勃起
V字母般屹立兀傲？

無戒備時段

下過了冬雨又下
每一朵奔馳的傘下氣若遊絲地活著一座銅像
荒蕪了雙手只好
任由掃水器將時間擺佈
左右來回
來回左右
總之逃不出這吞吞吐吐的州際高速公路
逃不出四面八方天荒地老的灰
和苦
即使小心調好望後鏡
紛紛雪亮起來的記憶拂了一身還滿
在十一郎的歌裏唱過了又唱
一種你像過去那樣走來的虛空
哀傷和魚最知道如何淹沒全城

月娘

輕飄飄的太空人登陸多少年了
上面的坑坑洞洞畢竟沒有斧頭的回聲
小心翼翼帶回來的岩質
在實驗室裏也磨不成時間的焦慮

我們爭執
我們固執
聒噪了一輪堂而皇之的去殖民性
去現代性，去解構性，去環球性
去西方性，去東方性，去男女性
最後不可避免
回到便利店的薯片可樂
以及靡靡的蘇軾和鄧麗君

格局

形成動蕩之後
不在乎風雨逐漸擴大範圍
桌子上電話來去一片海洋湛藍
看動物怕熱
雨樹移動身影
思緒學著百葉窗逐片
分切刺身般大小新鮮程度的陽光

接受零零碎碎的暗示重疊跳躍的事實
在巖石與巖石之間明明滅滅
有時離開座位。呼吸。做掌上壓
腳趾接觸來回的海潮。有時平躺
或屈身成某種意象
脊椎骨尾端充滿鹽的叫囂

升空的壘球學著鷗鳥的弧度
黯然下落在多年來形成的習慣裏
擺好時間的陣式
歡迎命運進入我的棋盤

寂寞班次

我的論文
地圖和行李箱習慣寂寞的班次
不料和周潤發同步抵達

所以入境大廳一堆聳動的鏡頭
驟然吐得我們一身
小森林似的頸項一棵棵樹立著不同生存理念的標籤
魚群般游來的問題把世界推向形式主義的海洋

此刻，是黃皮膚的都努力跳了出來
熱呼呼的胸膛無比驕傲的眼淚等了這麼多年啊
好一個臺灣的李安捧紅了章子怡的細腰
那重槍飛宇輕功來去的絢麗
必再閃爍成下一個西方獎項的光芒

輕輕的我和熱鬧擦身而過
像影片裏止乎禮義的情意輕輕
和金像獎擦身而過
當初吃力拉著鋼索的人低頭思索
今日發哥漫不經心的回答：
「先洗個澡吃碗雲吞麵然後睡覺。」(註)

（註）：2001年3月18日初到香港。夜抵赤鱲角
機場時，見記者們圍著電影《臥虎藏龍》男主
角周潤發問：「回到香港想做的第一件事是甚
麼？」發哥回答如上。

暗笑

城市偶爾騰出角落來思考
瘦小的空虛立刻膨脹成不能再膨脹的
冰藍色漱口水往白瓷水盆裏猛吐
一朵巨大湍急的漩渦

善於泅泳的我們看清楚
這樣優越的地理位置再過半世紀
仍然是豆大的島嶼談甚麼諾貝爾獎
還是抓緊時機快樂滿足
寫周遭寫瑣碎寫自己寫周遭寫瑣碎寫自己
寫繼續面對台下一群口渴但不會游泳的魚

今後會議的課題不外社會的錯
屈指可數亂用成語諺語的罪過

一面將剃鬚刀沖洗乾淨
一面抨擊那些蓄鬍子的人不遺餘力
時不時發出通告接受建議
如何在太陽底下設立一種精確無誤的制度
使別人都虛懷若谷
我們從絕高處朝下喊它一聲就有悠悠不盡的
回響

街道橋樑隨著汽車蠕動
贅肉懨懨一日復一日一層復一層的擁擠不堪
除了間中玩玩孤獨以解悶
我們總是認真地盼望偉大
逢年過節披上華麗考究的新衣

以賦比興之不可或缺為理由
忙著學習興高彩烈的五色氣球此升彼落

開與關隱喻的三種詮釋

（一）一轉眼又是回家的時候

越過銅鏡
小狗變成懸空的水銀

緩慢其實也是一種逃避
像音樂從俱樂部裏流出光與影
男人在猶豫

鎖匙或者手
就是不願意成長

（二）一點點地遺失著的生命

吶喊著甚麼來的那麼多
藏在胸口的抽屜
拉不開

沉重常與靜默同步
配搭
鎖匙或者手
遠遠地浮動著的是輕輕的時光在探看
在開著茉莉的困惑中

（三）緊緊夾在人與人之間

從這裏結束好不好
鎖匙或者手

即將離開與到來的
通通在這裏擦肩
重復著局部或全體的交換

此際眼睛如果能聽
隔壁就有歷史在暗笑

造句的條件

善於編織光暗的人
更清楚每個標點符號之上
紛紛揚揚的微塵

像坦誠這回事
像個孩子似的
不管路之遠近
不許四處亂跑
一隻白鷺斂翅降落
早料到水草叢中兇險的目光

昨天的性格昨天收拾了去
今早
改乘另一潮電子郵件涌出來

桌面上離不開芳草鮮美
落英繽紛的贊嘆
深入一些
震耳欲聾是附近島嶼暗中的碰撞

新址

過後，我們各自帶回家餘音裊繞的星光
把刻好的南瓜在露台上逐一點亮

前來索取糖果的小孩業已卸妝
並且聽著故事入眠
翌晨醒來東岸
會不會窗外也是秋葉滿山動蕩？
一壺新沖的翡翠城中（註）
前年的人給火爐添加炭木
細細預想著去年的盛況

（註）：翡翠城（Emerald City），咖啡牌子，亦
是西雅圖市的別稱。

殖

在眾人熱力的話語之間
整座城市繼續容光煥發
會不會有空俯首
瞅見往來尋尋
覓覓的詩人
手持一紙誠意
被火燒成灰燼在地

街上熙熙攘攘
總是甜蜜如情人的虛偽多
努力保留勾搭耳朵的嗜好
來印証這生殖力超強的年代
面不改色

半存在

一箭射過的瞬間
某個諾言的葬禮剛結束
出席者便在墨鏡背後忘形雜交
眨眨眼又是圓肥的諾言紛紜
呱呱墮地即被丟棄街頭
漫天墜落枯黑的向日葵
屍衣冷冷覆蓋

天大地大
憔悴終究是獨自的憔悴
詩人最輕
最容易被風揚起
飄飛一路的粉碎
這時城市

即使所有發亮的嘴唇之上都雷聲隱隱
沒有人關心閃電或下雨的意義

桌面人

鋅板屋太小
只好把時鐘養在麗的呼聲裏

父親搓捏濁黃麵團
我在一旁刨筆默寫
這是早餐
這是午餐
這是晚餐
這是明天

明天太寬敞
必須把時鐘養在新款手機裏

孩子搓捏幻彩黏土

我在一旁敲鍵書寫

這是薯條

這是磁卡

這是合約

這是星期天

年度活動報告書之：
誠實公演

按照場中的規矩
閃避地上破碎散落的時鐘
表演者拔掉腳板上痛楚的長短針
欣然對坐，重復
吟頌滿腹蠕動的蒼蠅和蛆蟲
構成生氣勃勃的局面

笑臉是必要的
大家都那麼熟絡了
不問茫茫蒼天
不問三尺以外的鬼神
藝術是義不容辭記錄在案的事
姑且再蹉跎一場新雨的沖洗

讓雷電在隔鄰花園裏完成隱隱的逸聞
這裏上蠟的銀髮紋風不動
光爍爍的燦爛好看

確定今日追隨昨日
繞場三圈，觀眾可領取品德高尚的孑孑一隻
務必戴上沉默的口罩
禮貌地排好隊，慢慢
移動，衣服不要發出聲響
小心瞻仰

萬一
有脈搏

猛跳瞳孔收縮雙耳炭燙
青薄的臉龐冷汗涔涔開始咳嗽半身抽搐
請查閱觀賞手冊第三十六頁第九項第三點
冒號後面

清楚列出廉恥是破壞免疫系統的罪魁
禍首，然後速返櫃檯登記
那裏的醫務人員磨刀霍霍
早有準備

純粹麻痹／
整體和寂寞無關

群居的意義

在於肉身

被另一個肉身承認

來不及抗辯，做好圍欄裏的

證人角色諸如此類

又被另一個肉身輕易地否認

我只好以繁忙的新款手機下載我的存在

四處傳送道聽途說的憂傷

和紛紛趕在秋天的落葉

看氣象預報的時候

靈魂像歲月悠悠

有空沒空不是關鍵所在

總會愈招愈遠

想到具體陳述這城市的狀態
端起喝剩的紅茶去澆花
用完廁所記得翻起馬桶蓋
發現除了一雙無所事事的乳房
每月一次徒然的流血
就是垃圾郵件，一路堆積到天堂門側
復診的人不斷投訴醫生不開藥乃是不道德的
行為諸如此類

每一天每一天漫漫長遠的
一天就是等到公司燈火張開巨大漆黑

不過的喉嚨卻再也喊不出聲

這時由上帝徐徐上場，介入

說回去吧可憐的孩子這樣的潛台詞

我的高跟鞋在幽街深巷般的地鐵裏默默相對

冷氣吹口對準安份而疲憊的頭髮

吹剩零星的年歲和自尊帶回家

重新點亮一屋子宮殿森森的臉龐

兩生花

半生的訓練
使我們一直比上帝更講究秩序

把所有的左邊擺在所有右邊的左邊
把所有的上面放在所有下面的上面
即使漩渦
過後必定還原出生命的沉澱與平靜

有一天聲音亂了
光和影亂了
選擇和結果全亂了
發現配置了相同的肉身
在世界的另一端
你我原來只是半存在

一個毀爛，由另一個接場
一個完成，在另一個的消亡上
半生的訓練
使我們深深地悚懼
偶然竟是一種不為甚麼
無從抵禦的暴力

後記：《兩生花》（La Double Vie de Véronique）
是波蘭電影導演克日斯托夫‧奇斯洛夫斯基
（Krzysztof Kieślowski）在1991年的傑作。

夢遊潮

換個枕頭和姿勢
用右邊堅硬的頰骨構成肅殺的形態
在安穩之中吆喝出盔甲鏗鏘的眼神
與現實冷戰

大多時候輾轉
靠幽深的角落來完成
敗亡的場面
只能用盡全力
把慘白嶙峋的脊椎一整條嘔吐出來
剩下酸嗆的喉嚨
一件虛空頎長的肉身
被風吹成零碎的嗚咽

你從悲楚中爬起來
使力攀扶慾望砌成的牆壁
重新回返洶湧流動的街道
城市翻個身
還是原來的枕頭和姿勢

現實的種類

這年頭啊總是沿著甚麼蜿蜒地流下
誰還流行抽象地解讀現實？

緊緊,把肋骨之間參差錯落的抽屜都鎖上了
挾帶一種遺忘的表情
走出去參與四方八面的斑斕臉譜
還有那些結成蛛網的思緒
充其量平分一點溫情主義的邏輯
供冬天參考
春天運作
等等之類

如果你還聽不懂生命
可以試著觸摸

我的神經末梢會嗤嗤發出
艷藍的火花
聚集著尖叫的能量
可是世界還在源源不絕
給它插電
又給它一堆冷漠無辜的眼睛

水酒地

慢板釋放
一撥一撥暗潮
酒廊迅速水深
一潭鬱藍的力量直逼胸口

跟上了節奏
腳板隱隱刺痛
潛游而過一匹固執的水獺
像將盡的年歲那樣左右摩擦
就是不願離去

杯子和杯子重復凌亂的邏輯
影子伸延到情緒的對岸去
撫觸那些整齊疊列的魚的屍體

整個晚上
副歌部份彌漫著傷口的腥味

把獨白對摺了
低飛出一葉潮濕的蝴蝶
如此生疏，如此熟悉
寂寞的眼瞳
向更寂寞的眼瞳借火
隨後又是一堆冰涼的灰燼

那些書寫的理由

又是一句美麗不堪的標語
硬塞進我們的日常生活裏
此處一堆，彼處一堆
三流書寫者義正詞嚴地呼喚優質文本的絕對重要性
然後繼續耕耘
另一堆文字垃圾

呼喚的喉嚨其實一早就乾涸了
卻還奇跡般開著妖絢的繁花
每天像醒來似的，他們
動用每一個細胞去說服整個城市
去相信他們崇高的構想和雜要
包括必須堅守的文化傳統
渴望多年的名位

類似蜜糖慢慢流瀉
從一座蕞爾不容轉身的高壇

而上帝總是置身事外的
從候車亭的長凳上爬起來
抖落身上大同小異的報章專欄
或者新近出版的集子
想像自己的早餐會不會是最後一頓
是否具有另類主體性和內涵非常重要

懂得一點生命的人焦慮慟哭
一輪一輪的時間詮釋著消逝的意義
垂首看那些所謂代表作家急急穿身而過
上帝除了無辜的笑
也只有無辜的笑

涉及童年和蜥蜴
的四行體

關於視聽和表述能力
全部發生在十歲以後
我一面逃竄
一面掩藏蠢蠢欲動的傷口

不能避免鱗甲和岩塊或者其他障礙物磨擦
只好變換成長的條紋
如果飛攀上樹，等月亮升高
會忍不住居高臨下地哭泣

偶爾困在急湍的溪流間，驚見
你闖入草叢的倒影蕩漾
那個曾經抓痛我的尾巴的小孩

因果報應，猝然被逼至黑暗的角落

大人的認真不容置疑
不復區分謊言和諾言的時候
要你以冷靜的語調，清楚的字句
在母親和父親之間作出明智的選擇

時間訓練出奔躍的姿勢
日益堅固的齒爪
漸漸濃郁的氣味有利於辨識回穴的路
吐信，居然十分英武

我就這樣淪為記憶的獵物
從少年時代開始，反應靈敏

加倍速度。只是愈來愈不懂雨天
不知道是泥土還是自己的腳印模糊

震顫

關於瞳眸慘遭標語們伏擊的事
許許多多破圍牆泯差異國際化地球村的意識概念
再次使它淪陷

所以一個城市以後
接一個城市接一個城市接連那點狀
散佈的標準飲食會話習慣
前腳剛踩下，後腳的印記就消失
所有的過程都縮短了
被遺忘

平生以來首度的恍然和驚悚
只好在機場關卡被徹底搜查時
默默想起國界和傳統體制的意義

看腕錶的長針震顫
像仲尼那樣的慌惶

原來我和你真的不同
雖然我們過後各自提了行李就走
繼續先後在各地的連鎖酒店麥當勞地鐵站霸級商場
被別人的文化消費著

學習的範圍

顢頇的趕路者
熱氣騰騰
為了籌備巡迴演出

他們相信風水
是輪流轉的
這次轉到遠古
暴龍在水銀燈下進化成孔子
孔子四處去跳繩
分派給世界舞動螢光棒的理由

以電視為食
我們吸收偉大的營養

可是思想如貓
躍過沙發就不再出現

退休人士甲的午間生活

清閑得像一杯茶
卻不能好好讀完一冊書
喧鬧的城市喧鬧的步伐喧鬧的方向
仰賴整體性的策略指導
確保生活平實有序

學父親戴眼鏡的姿勢
打開孫子扔在茶几上的外語課本
漢語拼音載歌載舞
想跟著唸：南洋。模糊的
嗓子乃禁不住
流出酸楚的淚水來

像父親沒過世之前

也摘下眼鏡和心事：
等最後一批華校生全刊登了自己的訃聞
語文這東西也就更加淺白易懂了

環節

在地球又轉了一天的時候
某電視台宣佈正式啓播

於是平面
又交出許多平面
敘述著興奮，振奮，亢奮
著名的，無名的
半著名的
口沫連城
然後一陣顫抖
射出彩帶氣球香檳酒

於是我們又相信了
熱鬧的熱鬧

已經建構出真實的一面
讓地球可以在其上
又轉一天

擬態

醒來的時候，恐龍還在
身邊酣睡，時而輕輕磨牙
舔舐後世代繽紛璀璨的煙火和冰淇淋

我且停住。
放開一再掙扎的廣場，讓它去人來人往
我且停止日常呼吸
卸下人工纖維僕僕飄飛的意識

靠著緩慢但均衡的北緯
沸騰慣了的大動脈
也蔓藤般生長到青銅雕花的長凳上去
充滿悠悠的葉綠素

從明媚夕照的角度來說
按著自己龐大無比的骨骼和血管溫習
一段將來精密儀器下的記憶
那是和你一起奔跑出去綠得天涯海角的草原

退休回來的港口城市還有風和時間
足夠往返的渡輪一些疏懶的波浪
和歷史。快樂至此
一如正在離開陰囊和地圖的精子
我想念咖啡和小說
以及愛你的億萬年時光

半存在

甚至一度相信抗衡
以岩石的頑固和響亮
說快樂不是附帶的
栽植的大岩桐在幾近凋萎之後
不又開出繁盛的艷赤嗎？

生活著的同時
供養著生活
把屋宅的一磚一瓦摸到手裏來握緊
那堅實的感覺是忽明忽滅的
把愛進行徹底的界義
結果不外乎撕豆莢筋的時間
很短暫，也很漫長

在日月升落的地平線上我們只是半存在
零零碎碎著安穩
點點滴滴消耗著虛幻
偶爾懂得在麵湯升起的煙氣中提醒彼此
被昨日推倒的樹
沒收的影影綽綽
使記憶和空虛碰撞回聲
被今日拆改的語境和濯濾的文字
使完美和永恆遺失在不知名的某一站

後記之類

　　美國耶魯大學文學及文化批評教授哈若德・布魯姆（Harold Bloom, 1930-）在 2000 年付梓的《如何閱讀？為何閱讀？》（*How to Read and Why*）一書中，臚列了五個「振興閱讀」的原則（five principles of restoration of reading）：

一、去除偽善的念頭。

二、不要嘗試通過閱讀來改變鄰居或個人居住環境。

三、人類的愛和慾望使讀書人成為發光的燭火。

四、閱讀需要創造力。

五、恢復反諷。若失去了反諷，閱讀就死亡。

我曾經天眞地以爲只須把布魯姆文中的「閱讀」／「讀書」全改成「寫詩」，同樣的原則亦可運用到詩的書寫和接受上，甚至是人生道路上，處處張揚那一身憤世嫉俗的氣度。

殊不知人在意氣風發的時候，往往誤會自己是神，無所不在，無所不能，很容易就忘卻《老子》之所謂「禍兮福所倚，福兮禍所伏」的道理。2004 至 2006 年這三載逆境使我恍然體悟：之前無往而不利，是因爲過分相信秩序和規律，沒有察覺到人生眞正的挫折其實還在遠方微笑觀望著，「偶然竟是一種不爲甚麼／無從抵禦的暴力」（〈兩生花〉）。

生命充滿了相對，「塞翁失馬」是中國人知命達觀的濃縮表現，並非單向妥協。現代詩人卞之琳（1910-2000）在 1934 年 8 月曾作一短詩，題爲〈對照〉，不知爲何較少受到注意。詩的首段頗堪玩味：

設想自己是一個哲學家，

見道旁爛蘋果得了安慰，

地球爛了才寄生了人類，

學遠塔，你獨立山頭對晚霞。

「地球爛了才寄生了人類」，人生爛了才寄生了希望和喜悅。我不確定《半存在》是否對「振興閱讀」或「振興寫詩」的工作有些許幫助，能否成為「獨立山頭對晚霞」的「遠塔」，但作為個人的第三本詩集，它卻載述了1995至2007年間部份的生命脈動，或快，或緩，或完成，或敗壞，無所謂積極或消極，都已「來到清脆響亮的位置」（〈潮騷〉）。

吳耀宗

2007 年 12 月 30 日於香港

國家圖書館出版品預行編目資料

半存在／吳耀宗著. -- 初版 -- 臺北市：萬

卷樓，2008.02

面；　　公分

ISBN 978－957－739－623－5 (平裝)

851.486　　　　　　　　　　　97000778

半存在

著　　　者：吳耀宗

發 行 人：陳滿銘

出 版 者：萬卷樓圖書股份有限公司

　　　　　　臺北市羅斯福路二段 41 號 6 樓之 3

　　　　　　電話(02)23216565・23952992

　　　　　　傳真(02)23944113

　　　　　　劃撥帳號 15624015

出版登記證：新聞局局版臺業字第 5655 號

網　　　址：http://www.wanjuan.com.tw

E－mail　：wanjuan@tpts5.seed.net.tw

承 印 廠 商：中茂分色製版印刷事業股份有限公司

定　　　價：250 元

出 版 日 期：2008 年 1 月初版

ISBN 978－957－739－623－5